푸른사상 시선 183

읽기 쉬운 마음

푸른사상 시선 183

읽기 쉬운 마음

초판 1쇄 발행 · 2023년 11월 27일
초판 2쇄 발행 · 2024년 12월 23일

지은이 · 박병란
펴낸이 · 한봉숙
펴낸곳 · 푸른사상사

주간 · 맹문재 | 편집 · 지순이, 김수란, 노현정 | 마케팅 · 한정규
등록 · 1999년 7월 8일 제2-2876호
주소 · 경기도 파주시 회동길 337-16(서패동 470-6) 푸른사상사
대표전화 · 031) 955-9111(2) | 팩시밀리 · 031) 955-9114
이메일 · prun21c@hanmail.net
홈페이지 · http://www.prun21c.com

ISBN 979-11-308-2116-0   03810
값 12,000원

푸른사상
시선
183

읽기 쉬운 마음

박병란 시집

푸른사상
PRUNSASANG

이끼색 화병에 유칼립투스를 꽂는다

유칼립투스만이 가진 색깔을 찾아
물감을 섞다 보면 시시한 것은 없었다

무엇무엇이 서로에게 서로를 내주는 일

한 가지 색의 고유함보다
무엇과 무엇이 함께 만들어내는 고유함에는
힘이 있었다

식탁 위에는 이끼색 화병과 유칼립투스와
감자 두 알이 힘차게 서로를 바라보고 있다

여럿이라서 가능한 일이 자주 일어나던 여름이었다

2023년 모두가 고마웠던 여름
박병란

제2부 우리는 잠시 우리를 남겨놓고

제3부 꿈속에서 나중까지 오갔다

제4부 시를 낭비한 이마가 여기 있습니다

제1부

없는 사람이 되었다가
그게 나쁘지만은 않아서

케냐의 나비 떼처럼 아름다웠다

을지로에서 헤어진 이후 두 번 추위가 왔고 봄이 왔다 시 한 편 가지고 만날까요 우린 소멸을 공유하는 사이 어떠한 슬픔도 기 쁨까지 닿기가 쉽지 않다는 걸, 물론 우린 모른 척 견뎠어 라틴어 수업을 듣는 시간처럼 같은 짐작을 하는 오류가 왜 이제야 보이는 것일까 산책하다가 통화 중인 너, 구두 안에 흰 발 목, 내 목덜미처럼 시려온다 온실에 꽃이 바깥으로 옮겨지 는 수목원의 봄은 적응 중이고 우리의 이마는 꽃 이름을 주고받으며 가 까스로 가까워졌다 처음으로 돌아간다면 너가 나의 처음이었으면 좋 겠어 이건 꼭 해주고 싶은 말이기에 혼자 맞고 싶은 봄, 갖고 싶고, 안 갖고 싶은*, 저지대의 생물 같은 너, 안으면 울 것 같아서 한 번도 안을 수 없었던 가느다란 어깨, 그날 오후 케냐의 나비 떼 같이 아름다웠다 길어진 해를 등지고 손차양하던 너는

* 장일호, 『슬픔의 방문』에서

13

여름 식탁

사라지는 식탁이 있습니다
사라지기를 반복하는 날벌레가 있습니다
사라지는 기분이 있습니다

기분은 왜 아침부터 시작될까요

없는 너를 부르다가 없는 사람이 되었다가
그게 꼭 나쁘지만은 않아서
한꺼번에 몇 가지 기분이 되어보는 우리는,

아침에 사라지는 식탁을 찾습니다

사라지는 것에서
살아가는 것으로 날벌레로 여름 날씨로 없는 사람으로
고등어 통조림을 싣고 들것처럼 사라지는 식탁은 몇 가지
기분일까요

여름 기분은 아침 다르고 저녁이 다른

침엽수림의 날씨 같아서

없는 사람이 되었다가 없는 너를 찾다가

해를 만나는 방식

도착하지 않는 시집을 장바구니에 넣는다

해가 들지 않아 온기 없는 집은
도착하지 않은 것들투성이
초인종을 하루에 한 번은 누군가 누른다

방문하지 않는 그림자가 너무 많아서
나는 물뿌리개를 들고 나가고
아이는 고양이 밥을 주러 현관문을 연다

우리가 해를 만나는 방식으로, 한 달 전 새끼를 낳았다는
고양이가 혼자 나타났다

지하실에 플래시를 비추던 아이는
황태를 넣고 처음으로 미역국을 끓였다

별을 아는 표정으로 고양이는 발바닥을 핥고
아이는 밥그릇이 비길 오래 쪼그리고 있었다

그사이 집은 잠깐 비었고 시집이 도착했다

고등어 한 마리 식탁에 오를 법한 풍경이
시 안에서 꼬리를 흔들었다

덕무*

마음 그늘이 버짐으로 피어나는 겨울

언 습기가 배어 나와 얼음벽이 된 방
더는 지켜볼 수조차 없는 이해들의 눈빛
해의 각도에 따라 상을 옮겨가며 책만 보던 덕무가
오늘은 맹자를 팔아 밥을 산다

쌀밥은 배 속 가득 눈물로 미어지고
움파 한 줌 얻어 돌아오는 길에
친구는 좌씨를 팔아 나에게 술을 산다
무엇을 바꿀 수만 있어도
맹자에게 밥을 얻고
좌씨 부인에게 술을 얻어먹는데

어떤 것도 무엇이 될 수 없어서
언 땅에 아해를 묻다가
하나 남은 삽자루마저 부러졌다지
동강 난 가난마저 돌이킬 수 없었다네

검푸른 추위가 저녁을 덮친다
멀리서 온 달빛이 해발을 넘는다

별의 좌표 일러주던 고단함에도
마음만은 노숙(露宿)하지 않았네

* 조선시대의 학자 이덕무(李德懋, 1741~1793)

그루밍

개를 산책시키던 여자가 펜스가 찢겨 나간 게이트볼장에서 공을 던진다 개는 공을 쫓고 공은 개를 가로챈다 개도 크고 공도 크고 여자의 허벅지도 커서 그 옆을 지나는데 내 등이 출렁거리더군 뛰어야 할 사람은 여자라고 중얼거려도 알 게 뭐야 언제부턴가 게이트볼장은 개의 산책장이 되었다 개들이 장애물을 뛰어넘는다 훈련은 무의식을 끌어올리는 게 아니라 의식을 깨트리는 독특한 요철 같아 보였지 여자가 소리를 지르면 튕겨 나가는 꼴이 말이야 개들은 이제 공을 물고 달리기를 하기 시작한다 큰 개는 큰 공을 작은 개는 작은 공을 입에 물고 지구를 빙빙 돈다 이름표가 새겨진 목걸이는 식민의 금속성 시간, 속력을 낼수록 입에서 지구가 굴러떨어진다 지구에 빈자리 하나 생기면 누가 울어주기나 할까 나는 말이야 밤이 되면 영혼이 영혼에게 청혼하는 소리도 들을 수 있지 손바닥만 한 햇살로

도 목욕을 할 수 있어 오늘은 비가 내려 왕벚
꽃이 태양처럼 쏟아지고 있었어 모두 잘 있게
나는 지구 끝까지 가볼 생각이야 내겐 목줄이
없거든 나를 찾을 생각은 말게 참치캔을 찾아
길 위에 떠도는 기분을 난 알지

비둘기 무용수

나의 노래에는 가사가 없다
걸음걸음 춤이다
저격수의 숨죽인 손끝에 흐르는 미세한 리듬
검지를 꺾는 순간 날아오르는 비둘기
마땅히 죽어야 할 사람은 없다
감정은 타이밍이라는데
광장의 깃발처럼 탄생일의 건배처럼
해맑은 분위기를 포착하는 일은 어렵다
듣는 상대와 말하는 사람의 감정은 수시로 달아난다
광장으로 쏟아져 나온 휴일은
저격수의 표적이 되었다가 날뛰는 얼룩말이 되었다가
무리의 눈빛으로 날아오른다
저격수는 뛰지 않는다
플라스틱 총칼을 든 제복 행렬 속
휴일 광장을 걷는 현악기와 타악기의 팽팽한
견제에 둘러싸인다
행렬을 따라잡는 깨어 있는 목격자들
그러나 이 도시는 본 것을 다 말할 수 없다

흩어질 때조차

발을 맞추자 걸음걸음

발을 맞추자

발을 맞추자

리스본의 산책자

식힘망에 올려진 빵처럼 뜨거움을 견디는
일요일 까닭 없이 모여 불안을 나눠 먹는다
미안한 사람 미안하지 않은 사람 언제 그랬냐
는 듯 아무 일 아니라는 듯 여전한 일요일의
산책자들, 며칠째 태풍 예보가 떠들썩한 수인
선을 타고 페소아가 왔다 우리는 옆구리에 검
은 악보를 끼고 호수를 한 바퀴 돌았다 로고
가 태풍의 눈을 닮은 카페에 들러 호두 바게
트를 고른다 비와 바람으로만 발효시킨 날씨
의 맛이다 쓸모를 다한 진공관 앰프에서 떠다
니는 소리, 여기선 무슨 말인지 알아들을 수
가 없어 페소아는 테이크아웃을 한다 실내보
다 이젠 바깥이 좋아 나는 냅킨을 챙긴다 우
산을 접으면 비가 내렸고 우산을 펴면 그쳤
다 젖은 의자를 파라솔 아래로 당기면 재난문
자처럼 울리는 진동벨, 페소아는 위염이 있
고 커피를 마실 수 없고 빵을 조금씩 떼어 비
가 될 때까지 씹는다 월요일에 화요일을 얘기

하고 목요일에 금요일 얘기를 하다 보면 일요일, 줄곧 태풍의 경로만 추적하던 기상 캐스터는 날씨 외 달리 걱정이 없어 보인다 빗소리에 나무 냄새를 넣어 방금 구워낸 빵을 들고 페소아는 수인선에 올랐다 수련 위로 오도독오도독 비가 잦아들고 내 손에는 검은 악보가 들려 있었다

부록(Anexo)

　괜찮다는 말은 괜찮지 않다는 말, 가버린 것과 오지 않는 것 곁에서 서성이는 말, 산을 넘으면 언덕이 언덕을 넘으면 산이 하나씩 주저앉아

　오후에 넌 빨래가 마르지 않은 채 밤이 왔다 덜 마른 빨래가 굳은 오른쪽 어깨 승모근 같고 책상에는 읽은 책과 읽을 책과 읽지 않아도 그만인 책들이 멈춰 있다

　말다가 터져버린 토르티야를 내 돈으로 메꿔야 할 때 주인은 유통기한 지난 천 원짜리 빵을 넣어주었다 토르티야는 오천 원, 나의 알바는 파지가 나올 때마다 일당에서 샌드위치 값이 깎여 나갔다

　귤피를 우린 찻잔이 책상 위에서 식어간다 내 맘대로 할 수 있는 몇 안 되는 것들, 고맙다 괜찮다 거기 있어줄래?

　Ab Ovo를 듣는다 윱 베빙이 마른 밀가루처럼 떠다닌다 한 손으로 피아노를 치다 반주를 넣는 어깨선이 휴지기를 거치

는 반죽처럼 부푼다 지긋이 공기를 빼줄 것 삶이 떠다니지
않도록

레몬을 씻고 레몬을 썰고 레몬을 짜고 레몬을 병에 담고
뜨거운 물 찬물 반반 섞어 흔들어준다 레몬을 알게 될 때까
지 내 몸은 아무 데도 가지 않았다

2월에 태어난 아이가 28일을 살아도 3월에 태어난 아이가
31일을 살아도 한 달은 똑같이 산 것이다 2월에도 3월에도
월급은 똑같다 지구가 도는 까닭은? 사라진 72시간을 메꾸
기 위해서다

설거지를 하고 밀대를 밀고 김치를 썰어서 번 돈으로 콜
롬비아를 마신다 에티오피아를 마신다

커피콩을 따는 검은 손 싱크대를 닦는 젖은 나의 손 그리
고 잔을 맞잡은 두 손

우루사를 처방받았다 한 알의 용량이 곰처럼 세지만 약사
는 괜찮을 거라 했다 하루에 한 알씩 300밀리그램 서른 개
를 먹고 나면?

나는 지구를 들어 올릴지도 몰라 곰은 둥그니까

앵두와 메리와 똥

 살다가 어느 지점에서 탄성이 나온다면 그 지점이 그 사람일 것이다. 아파트 경비원 구 씨가 앵두나무 두 그루 심은 건 맞다. 앵두가 검게 떨어지는 이유는 몰라도 바짝 붙은 담벼락과 달에게 물어보지 않아도 눈이 내리면 눈의 것이고 비가 내리면 비의 것이다. 단맛을 채우는 가을 햇살이, 마른 씨앗을 물어 나르는 벌레가, 더운 벌레 등을 식혀주는 풀밭이 주인이라는 생각, 고요의 말을 빌리지 않아도 담장 너머는 공공의 것이다. 앵두를 혼자 먹겠다는 구 씨의 계산법은 그러니까 햇살의 범위를 읽지 못해 빚어진 일.

 소유권을 철수하라는 경고장은 참새가 물어왔다. 소문난 맛집처럼 몰려든 참새들이 앵두를 쪼기 시작하면서 소문은 걷잡을 수 없었다. 주방을 열면 앵두나무가 있고 그 아래 똥을 누고 가는 메리의 수고도 있었다. 앵두나무에 세 든 메리도 그늘의 임차인일 뿐 주머니에 넣어 갈 문서 따윈 없다.

흰죽

수보리는 발우를 들고 나무 아래 앉았다
부처님 발치쯤 까마득히 다가설 수 없는
강이 흘렀다

그날 아침 기러기가 날아가듯 성내로 들어가 차제걸이를
하는데 몹시 바람이 불었다

스승의 어깨는 날마다 메말라가고
발목뼈가 드러났다
수보리는 자기 밥그릇에 나물 하나를 건져
스승의 밥그릇에 담아 드리려 했다

내가 빌은 밥은 이대로 충분하다 새끼 부처나 챙기거라
(눈빛으로 말씀하셨다 때가 아니면 받지 않으셨다)

귀룽나무 아래 자리 펴고 뜨개를 하다가 부드러워진 바람
의 말을 듣고 있자니 상상 속만 같았던 부처님이 다녀가신
다 흰죽같이 말없이 내 앞에 앉으시니 넘겨야 할 다음 장은

있으나 넘어야 할 문턱이 없어졌다

　강 건너온 꽃잎들이 담요를 그물처럼 펼치고
　다시 그 강을 건너지 않았다는 이야기

　북극성 비추는 밤 은싸라기 소리 없이 날렸다

봄밤

아무도 모를 거라는 생각은
나만 모르는 생각

나를 내가 버릴까 하다가
생각을 따라가면 돌아오지 못할 것 같아
그만두었다
그럴 때마다 아이가 엄마, 하고 불렀다

모두가 알 거라는 생각도
나만 아는 생각이었다 밤이 되면 아무것도 발견하지 못할 거라
어두워지면 꽃을 숨길 수 있다 믿었다
생일이 지나면 떠나야지 했는데
봄은 너무 늦게 왔고 미치도록 빨리 끝났다

벚나무는 병들어
야간 개장은 취소되었고
쌀자루에선 흰 벌레가 자꾸 기어 나왔다

밤이면 한 움큼 시든 꽃이 떨어지고 나는
잘 둬서 보이지 않는 알약을 신경질적으로 찾았다

엄마, 엄마
아이는 벚꽃처럼 앓았고
나는 잃어버린 그릇을 부수는 법을 알아야 했다

맨드라미*

잘 있으니 걱정 말라네요 거긴 여름에서 가을을 막 넘어
가는 중이래요 요즘 아픈 데는 없냐고 이제 별일 없냐고 어
쩜 하나같이 영혼이 없는 말은 영혼을 다치게 하는가 몰라
요 내가 신기엔 너무 큰 내일처럼 길을 잃었고 헤매었고 하
루가 다 갔네요 그러게요 맨드라미처럼 꼬불꼬불했어요

복도가 긴 6층 끝방에서 우리는 피어났죠 잠결에 목울대
를 만지다 설핏 울음을 느껴요 내가 모르는 푸른 길목을 삼
키는 것이겠죠 막다른 여름은 시치미를 떼고 파닥파닥 뛰어
요 우리는 풍선처럼 날아올라요 일제히 총구를 겨누고 여보
세요, 여보세요 목을 떨군 맨드라미는 여러해살이였군요

장화 같은 맨드라미를 뒤집어요 소리 없는 내일은 날개를
다쳐 온몸에 바람이 드나들어요 그늘이 환하도록 돌고 도는
거죠 저것 봐요 붉은 게 새끼를 쳐요 포유류의 탯줄처럼 울
음이 잘려요 단면은 회오리예요 유서 깊은 영혼의 새 옷을
입고 내일은 아스피린처럼 녹아내릴 거예요 회전의 태도와

안녕의 자세 그리고 외로운 나

당신이라는 비문(非文) 하나가 어제 죽었어요

* 김지원의 그림, 228×182cm, 2004.

계속 이야기를 해봅시다

너무 많은 말을 했고 시시해져 갔다 맞는 말은 왜 그렇게
불편한지 한 번 만에 고개가 끄덕여지지 않았지

나를 까맣게 잊고 살았던 거지
외로움을 느낄 겨를조차 없이 외로운 사람이 되어갔지

외로움을 등지고 사는 사람과
슬픔을 등지고 사는 사람 중
누가 더 가난한 걸까

일을 관두지 못하는 한 가지 이유가 크다 해서
가난을 나눠 가지는 건 아닐 테지만
문득 아픈 것이 가장 큰 가난이란 생각이 든다

네 잘못이 아니야
아냐, 내 잘못일 수 있어

다시 처음으로 돌아간다 슬픔을 알기 위해

세상에 없는 사람처럼 다음을 견디기 위해

제2부

우리는 잠시 우리를 남겨놓고

Preserved flower*

숲이 불탄 날로부터 한 달, 매트리스가 깔리고 먹고 자고 이불도 털지 않은 아이의 동굴, 괜찮나요 먼지는 알아서 뭉쳐요 커튼에 가려 실내 먼지는 보이지 않고 구석은 썩지 않고 눈앞에 나타나지 않아요 아무 눈에 띄지 않아서 아무도 말하지 않는 것들이 바닥 뒤에 숨어요 동굴은 길어 터널, 괜찮나요 먼지의 허파는 응급처치를 마쳤어요 밤을 거꾸로 털다 도무지 말이 안 되는 것을 익히고 있어요 우리 모두 괜찮나요 지난 몇 달은 장갑차에 깔린 쥐새끼처럼 납작해졌죠 마스크는 어제 빨아 널었어요 마주하지 않아도 숨이 막혀, 색깔을 믿는 만큼 나는 마스크를 믿지 않아요 이제 풀밭을 잊어요 내가 아는 숲은 다 졌어요 꽃은 유리병을 탈출하여 거꾸로 매달린 채 아름다운 참수에 이르지요 거실에 꽃이 말라가요 주목하세요 세계가 우리를 추적 중이에요

* 화학약품 처리를 하여 생화 형태로 보존한 꽃.

39

여름방학

감자밭을 쉬어 가는 감자꽃은
바람을 등진 바다갈매기 무리처럼 한가롭다
부리가 한 방향으로 궁금한 수평의 저녁이다

태풍을 수신하는 여름의 안테나같이
어디선가 몰려오는 먹장구름같이
우르르 감자밭에 감자꽃이 피면

여름을 알리는 희고 흰 것들이 바람에 섞여
굵어간다 알알이 손을 내밀고 손을 잡는다

무른 과일과 단내를 맡고 몰려든 날벌레와 개수대 물 얼
룩이 한 방향이다
화가 난 사람처럼 돌돌 말려 있는 물호스
당분간 날씨는 젖은 편지처럼 웅크렸다

감자꽃은
저녁의 기호처럼 수평으로 저물고

태풍의 냄새를 맡은 비린 것들이 비를 몰고 오면
여름방학이 멀지 않았다

서쪽의 말들

도착한 꽃 상자는 길었다
길고 지루한 겨울에도 꽃이 핀다

포장지를 벗기다가 잊어버릴 만큼 한참을 벗기다가
얼지 말라고 다치지 말라고 두른 은박지 폼이
내복 같다는 생각이 들었다

내복을 삶는다
흰 것이 더 희어지게
더는 희어질 수 없을 정도로 폭폭 삶다가

느닷없이
신은 사랑처럼 말로 하는 게 아니라 느끼는 거야,
영화 속 대사가 생각났다

내복은 빨래통에 들어가 거품을 느낀다
자꾸 느끼고 느끼다 보면
꽃처럼 풍성하고 맑아질 것이다

꽃을 꽂자 영화처럼
더는 꽃이라 부를 수 없을 만큼 많이 꽂자
꽃은 지나치게 자기를 믿는 구석이 있으니까
그건 신도 마찬가지니까

신이 지루할까 봐 꽃을 피우는 겨울을,

이다음에도 사랑해야지

폭설

오르막길에서 푸른 이마를 만났다

몇 그램인지 잴 수 없는 바람의 폭이
붐비는 중력과 마주쳤다
하염없다는 말 저절로 눈에 스며
할 말을 잃게 만드는 폭죽놀이

구름이 쏘아 올린 파편들이
줄지어 선 차와 주차선을 밟은 차
그리고 겨울을 이탈한 철쭉나무까지 지운다

똑같아지는 것으로 우리는 겸손해지기로 하자

거대한 공룡으로 변한 폭설을
보다가 점점 탄성을 가라앉히기까지
소리도 무게도 부피도 덩어리가 되었다

덩어리는 언제나 막막하지만

어디를 잘라도 재생 가능한 도롱뇽처럼

어디서부터 삽을 꽂아도 완벽한 폭설이다

내려앉은 겨울 위로

모든 것을 다 말하지 않고

중력이 자란다

제라늄이 모여 있다 제라늄들이 있다

소나무 속으로 숨어드는 참새를 따라가면
소나무 속에서 눈처럼 흩어지는 참새가 있었지

발코니 안에는 지나가는 화분이 있지
지나가다가 멈춘 화분이 있었지

화분 속에는 제라늄이 모여 있다 제라늄들이 있다

구름의 각질층이 고요를 발설할 때
눈이 오기 전부터 참새가 날기 전부터
있었다는 고요에 대해
사뿐히 내려앉는다는 의미에 대해 지금은 생각한다

우산 없이 걷다가
첫눈이야, 누군가 나지막이 지르는 소리에
눈은 처음인 듯 새하얗다

하얀 것이 이토록 정교하다니

공중에 쌓이는 발자국

푹푹 발이 빠지는 새들

북적이는 참새와 제라늄은 흰 늪이 되었다

지나가는 화분 속은 고요가 자란다 고요들이 산다

고등어의 무늬

고등어는 고등어의 눈을 하고
고등어의 무늬를 하고
우리는 슬픈 것들을 나눠 먹어요
슬픔은 언제부터 말을 잃었나요

우리가 사랑이라고 믿는 것에
당도했을 때
심지 같은 믿음의 뼈 사이로 살을 도려내 갔지요

등을 세우고 한쪽으로 누운 사람처럼
슬픔은 모처럼 하는 연습이 아니라면
옆으로 누운 것들과 눈을 마주치지 말아요

평범해서 모서리 없는 물처럼 평범해서
아무것도 나아지는 것이 없을 때

누군가 등에 칼을 꽂았어요
등을 기대면서도 서로의 냄새를 숨긴다는 거

물결치는 줄무늬를 비늘과 맞바꾼 사실을
왜 나만 몰랐을까요

진짜 슬픈 것은 우리가 만난 것이겠지요

고등어를 나눠 먹다가
토막 난 슬픔을 내미는 당신은 누굽니까

토마토에 토마토에 토마토가

골목 노점 트럭에서 토마토 한 소쿠리를 샀다

밭에서 실려 와 동선이 겹치지 않는 토마토를
옷소매를 걷으며 받아 든다
떨이라서 부푼 봉지가 떨고 있다

그날의 무릇 빨강 노랑들과 그 밖에 벌어지는 행각들

비의 대칭을 나열하던 일요일 정오 무렵
토마토에 설탕을 엎질렀다

아까시와 쥐똥나무와 찔레와 우리가
그 희디흰 이마를 맞대고 젖어갈 때
눈물이 그득그득 검게 찰랑일 때
토마토는 하룻밤에 한꺼번에 익었다

계단을 구르는 비는 외곽 전철처럼 넘쳐나고
우산에 고인 일요일은 토마토처럼 뭉개졌다

일행을 두고 집으로 돌아오는 길은
격리된 방으로 내몰리는 기분이었다

내가 접촉한 것은 토마토뿐이라고 해도
토마토에 토마토에 토마토를 이제는 알 수가 없다

우산은 우산을 반복한다

맞은편에 앉은 남자가 큰 소리로 묻는다
원하는 게 뭐야?
물음은 빗줄기를 악화시킬 뿐
우산은 우산끼리 영문도 모르는 채 모여 있는
분실물 센터

높이 매달린 작은 창을
아까부터 빗물이 두드리는데
거미줄이 자물쇠를 걸어두었다

아침을 탕진한 듯한 표정의 남자
병든 나무처럼 졸다가 우산 하나를 뽑아 든다
짧은 치마를 무릎까지 끌어내리며 여자도 일어선다

따져 묻지 않아서 손 놓아버린 것들
헤어져도 달라질 게 없어서
헤어진 줄 모르고 함께 있는 분실물 센터

마른 거미줄이 툭, 높은 곳의 길을 헝큰다

남자는 무심하게 우산을 펼친다

운다

1.

남편의 여자 이야기를 하는 친구의 얼굴에서는 눈물 한 방울 떨어지지 않았다 창에 비치는 우리를 사방이 거울을 하고 비추었다 더는 숨을 데 없는 비밀의 수위를 견디는 중이었다

행복해?

내가 알고 있던 모든 것이 힘없이 추락하던 밤이었다

2.

밀랍초에 불을 밝혔다
한 방울 다시 한 방울 떨어지는 촛농이 꿀벌의 투쟁 같다
밖은 한 발자국도 옮기기 힘겨운 어두움, 겨울 산을 내려오는 고라니가 마른 잎에 미끄러지는 소리, 아무것도 줄 것이 없는데 점점 가까워지는 울부짖음

3.

먹이를 찾아 어둠 속을 헛디딘 고라니같이 겁먹은 삶이
내 앞에서 떨고 있었다 행복하냐고 묻는 사람은 아픈 사람
이다

아픈 것보다 행복한 게 더 아팠다

4.

눈물 흘리지 않고도 너는 울었다 그래, 우는 것은 울고 싶
은 것이다 삶은 울 수 있을 동안일 것이다

파치 귤*

더부룩한 아랫배를 달래려고 물을 끓인다

섬과 뭍의 여유를 우려내는
여리디여린 유채 빛

바람이 낸 길
바다 건너온 어렴풋한 얼굴

트랙터도 저장 창고도 없이
두 손이 하는 일이라 제철만 고집하는
남쪽 섬에 사는 젊은 부부의 빛줄기

어떤 속임수도 없이 제 몸이 터득한
본래를 간직한 파치 귤
한 알 한 알 손길 안에 고스란한 눈보라

　일정한 발자국도 창고도 없이 나와 어딘가 닮았다 이유를
만들지 않아도 되는 이력같이 바닥에서부터 썩지 않고 살아

남은 향, 알맹이는 갈고 껍데기는 말리는 파치의 쓸모에 대
해 보람, 이라 발음해본다

* 깨어지거나 흠이 나서 상품성이 떨어지는 귤.

혼자였어

정적이 불타버린 넓은 벌판에
아픈 새끼 한 마리 떼놓고
멀쩡한 놈이라도 살려보겠다고 돌아서다
자꾸 뒤돌아보는 어미가 있었다

그랬을 때 나는 늘
두고 가는 것보다
보내야 하는 형편이 더 아플 거라는 생각이 든다

죽은 것이 다 발아래 뒹구는 것이어서
눈을 맞출 수 없을 때
고개를 들면 이마를 밝혀주는
하얀 별처럼 그 멀고 얼얼한 눈길 하나
모두가 잠든 뒤에야
자작나무 단풍 든 사이로 떨어진다

가고 오는 것이 심려를 끼치는 일 같아
혼자인 밤을 지나

바다에 별 하나 묻고 오다가
너의 벌판에 돌아본다

남겨졌다고 버려진 게 아니야

본래는 혼자였어

소음 사냥

윗집에서 마늘을 찧는다
절구통이 내려앉는다
소리의 근원지는 천장이고 천장 위에는
절구통이 놓여 있다
이쯤이면 멧돼지의 출몰이다
절구통은 플라스틱이거나 돌덩이가 되겠다
통마늘을 넣고 방망이를 내려치면
짓이겨진 마늘의 비명이 바닥을 흔든다
마늘을 찧는다는 것이
누군가에게는 소음의 단서다
저 소리는 언젠가 끝날 것이지만
또 언젠가 시작될 것이기에
으깨어진 소음은 쉽게 아물지 않는다
마늘에는 소음의 분쟁이 싹트고
그냥 두자니 싹이 자라 더 무거운 마늘이 태어날 것이다
뛰어 올라갈 꼭짓점은 어디쯤인가
문을 두들기지 않고 멧돼지를 잠재울 수 있는 방법을
검색하다가 나는

마늘의 의도대로 지쳐갔다

오늘 밤 꿈에는 멧돼지의 사냥이 시작될 것이다

끝끝내 오지 않아서

비가 와서
어쩔 수 없을 만큼 바람이 세차서 식물원에 들어와서
때 잃은 꽃을 보는데 어둑어둑 발목이 시렸다

방금 너와 헤어져서 다시 밤이 와서 잠이 달아나서
어둠이 기러기처럼 줄지어 다닐 때
우수(雨水)가 후련히 지났다

비가 와서 비가 그친다 눈이 와서 눈이 그친다
날이 개고 해가 천천히 나온다
강물이 풀리듯 나무에 물오르고
집 나간 개 돌아오자 올 들어 가장 환한 해 뜬다

눈비에 물컹해진 땅이 고물거리고 벌레들이 천둥소리를
내며 깨어날 때

먼 산에 때 이른 꽃 하나 이름 정하지 못했는데
너는 오고 너는 끝끝내 오지 않고
우리의 시는 들녘을 헤매었다

제3부

꿈속에서 나중까지 오갔다

꽃 이름 대기 끝말잇기

유리병에 꽃을 채우면
유리는 얼마간 꽃으로 거듭나요
뿌리를 버린 꽃이 물에 안겨요

꽃을 쏟아붓는 사이

물은 숲을 만져요 숲은 새를 불러들이죠 새는 풀씨를 물
어 나르고 꽃은 물의 허리를 잡고요 그리고 한동안 잠잠,

풀밭에 빠진 발목은
이름을 밝히지 않고 시들어가요

화병은 유리로 돌아가는데 물속은 잘린 발목이 숲을 이뤄요
유리병은 꽃을 쏟아요 꽃은 거듭 숲이 되어요

실내는 저무는 부위가 다 달라
물의 내장을 쓸어 담는 저녁은 종량제 봉투가 되어요

우리는 꽃 이름 대기 끝말잇기를 하다가 잠이 들어요

선흘의 시간

신들이 하늘로 올라가 비는 기간이라네요
대한(大寒)에 계약을 하고 입춘(立春) 전에 이사를 했지요

봄은 겨울에도 오더군요

일부러 두고 보는 풀을 두고 어쩌다 보는 앞집은 저대로
두면 마당이 사나워진다고 집주인의 억양으로 다그치고, 그
래서 안 될 일이지요 나는 잔소리 같은 잡초를 뽑고

가까워지려면 먼저 마당을 가꿀 줄 알아야 하는구나
처음 잡은 호미와 처음 보는 새우난의 간격을 맞추며 호
미가 헛디딘 자리에서 나는 노루잠을 자네요 바뀐 낮밤을
돌려놓느라 모자랐던 잠은 커피 물에 올려두고요 이웃의 사
고에 어울리기 위해 놀놀한 유채는 꾸민 듯 안 꾸민 듯 묵혀
두지요

가까이 있는 사람과 자주 등을 보이던 그해
유채는 식을 줄 몰랐고 밀감밭 밀감은

사이를 띄울 줄 모르고 익어가더군요

일 년은 들였다 났다 살림만 바쁠 뿐이라서, 신들의 노여움을 피해 적당히 숨어들기엔 이만한 곳도 없었지요

검은 것이 검다고 할 수 없을 만치
끝없어서, 세화

세화는 서쪽에서 달려오는 동쪽이 있다. 석양이라는 태양을 여기 와서 알았다. 건초 더미에 놓은 불씨같이 걷잡을 수 없이 타오르면 제비가 낮게 날았다. 비가 오려나 중얼거리며 아무도 돌보지 않는 밭을 참견하며 동네를 걸었다. 제비집은 어디일까, 혼잣말에 점점 작아지고 캄캄해진다. 아무 대답 없는 나중이 된다. 흙들은 검고 담들도 검었다.

그사이 감자꽃이 피었다. 감자꽃이 저녁을 밝히던 세화엔 제비가 많았다. 감자꽃은 더 많았다. 놀던 밭도 주인 없는 집도 돌담 아래서 늙는 고양이도 많았다.

빈 엉겅퀴 밭은 주체할 수 없는 보라, 자욱한 씨앗은 묵은 슬픔이 터진 것. 석양이라는 여벌의 태양이 저녁을 으깨어 어둠을 바르고 있었다. 서쪽 문으로 달려간 검은 말은 돌아오지 않았다.

검은 것이 검다고 할 수 없을 만치 끝없어서 맨발로 흙을 밟으며 살아가는 것들. 너무 외로워서 외롭다는 걸 모르는 사람들이 그곳에 산다. 나는 혼자 아파야 했으므로 오래 아팠다. 검은 것들이 가득해서 혼자 죽기 좋았다.

가와라마치의 노을

돌확

상점 문을 열기 전에 호스로 바닥에 오선지를 그려 마음의 건반을 조율하는 사람 바람이 드나드는 통로에 서서 나무에 물을 주고 돌확에 물을 붓는 일 어제의 목덜미를 식히거나 먼지를 잠재우는 일 그 앞을 지나는 사람에 대해 가볍게 목례하는 일

기도

절 마당, 돌확 수반에 손잡이 긴 대나무 국자가 놓여 있다 왼손을 씻고 오른손을 씻고 왼손에 물을 받아 입을 헹군다 내가 잡은 손잡이는 씻어 엎어두고 두 번 크게 박수를 친다 그것을 두고 신을 부르기 위함이라는데 뒤에 오는 발소리 들으며 앞자리를 비워두는 일 여행자의 시선이 머무는 자리마다 소원을 밝히는 것은 신에게 들기 위한 여정이라는데

배웅

손님인 듯 가족인 듯 초로의 남자와 일행을 배웅하는 두 여인이 저물녘 문 앞에 있다 바깥을 가라앉히고 산문(山門)

을 나서는 노승의 여백처럼 다시 못 볼 수도 있겠다는 마지막 다짐이 온전히 사라질 때까지 배꼽 밑에 두 손을 포개고 목을 세워 흐트러짐 없다 그냥, 그냥 시간이 조용히 멈추는 쓸쓸하고도 숙연한 바라봄

노을

가와라마치*에서 노을을 담는 사람은 없다 노을도 장미도 말없이 기울다 등 뒤에 남긴 저녁 인사처럼 옅어지면, 일찍 문 닫는 가게는 해를 배웅하느라 그렇단다 바닥에 물이 마르지 않아도 문 닫는 까닭은 시간을 관할한다는 해에 대한 예의란다 이 고요의 서사를 아는 사람은 몇 안 된다고 노을이 전해주던 말

* 교토 가가와현에 있는 마을.

감포

　연두 지나 산벚꽃인데 북쪽에선 눈 내린다. 거긴 눈이 꽃처럼 내리고 여긴 꽃이 눈처럼 날린다. 습기의 방을 걸어 나온 창녀의 물 빠진 머리칼처럼 늙은 간판, 서너 집 뒷문 지나쳐 **"방생고기 팝니다"** 붉은 글씨는 기둥을 빌려 찍은 부적 같다. 기둥에 음각된 최초의 경전처럼 단호하다. 횟집 수족관은 터널처럼 어딘가로 뚫려 호황이다. 소금물에 덧난 상처가 지느러미를 달고 흔들린다. 쪽방 앞 미나리며 핏물 배어 나온 육고기, 오이 당근 날채소들, 식칼까지 얹은 쟁반에 난전을 펼쳤다. 건져낸 죽음에 곳곳이 얼룩이다. 파도에 섞여 아무도 아랑곳없는 이곳은 자갈돌 위에 연두 핏물 낭자한 봄소식, 방생은 끝내 꿈틀거림을 수장시킬 수밖에 없었다.

　나는 자갈돌을 주워 주머니에 넣는다. 아무도 눈치채지 못하게 떠내려가지 않으려 안간힘을 쓰고 있다. 돌아서 나오는데 부적 위에 짚신 두 짝 짚신 위에 큰 돌 두 개, 놓아주러 간 이들이 붙잡고 있는 것은 무엇일까 이해되지 않는 것들이 눈으로 쏟아지려는지 멀리 꽃들이 숨죽인다. 제(祭)를 마친 무리의 빈 두 손 위로 나비처럼 가벼운 꽃가루가 흩날린다 우리는 다 같은 것을 얻으러 와서 서로 다른 것을 버리고 간다. 봄이 오고 봄이 간다. 내 몸에 새겨 넣은 꽃잎들도 햇수로 셀 수 없을 만치 그늘이다.

화엄

실외기에 놓인 돌멩이 위로 투둑투둑 이는 빗방울에 대해
고양이 사료에 까맣게 달라붙은 초파리들에 대해
헹궈 엎은 밥그릇 밑에 악착같은 민달팽이에 대해
사느라 입 벌리고 몸 벗는 얼굴이여
마주할 수 없는 정글 같은 공동의 우리여

비를 맞으며 사료를 먹는 고양이 옆에
우산을 받치고 앉은 나도 어젠 속수무책 옆에
온종일 내린 비에 퉁퉁 불은 낯선 눈빛 옆에
젖은 사물들 틈으로 기어 나오는 벌레들 옆에

미끈거리는 호밋자루를 쥐고
쪼그린 자세는 호미의 힘일까 흙의 힘일까?
파헤치는 쾌감을 호미가 알까 흙이 먼저 알까?

호미는 흙에 참 알맞고
손이 하는 일을 크게 크게 덮어주는구나
음식 찌꺼기는 구덩이를 파서 묻다가

나 편하자고 한 일이 지렁이에게도 좋다니 나도 좋아
지렁이 똥이 흙으로 돌아와 맨발로 걷다 보면
작아진 내가 더 작은 유기물이 되어가고

숨어 있다 가자
무리 짓지 않을 것을 다짐하는 아침 숲 옆에
아무도 모르는 낯선 얼굴에 대해

나의 전부를 알았더라면

우기를 맞은 사원이 붐비기 시작했다 파초 그늘 아래 돌을 젖히고 풀을 뽑는 남자 물을 떠 돌을 닦는 남자 목덜미에 흐르는 땀방울에도 일이 끝날 때까지 아무 말 하지 않는다 그대를 견디는 일을 너무 오래 앓아서 이끼의 온도를 잊었다 젖어 드는 발목을 숲에 두고 향신료 창고의 오색 가루처럼 시시각각 들뜨는 나를 달랜다

비의 주파수를 연주하는 숲의 선율
열대의 눈물 양동이에 꽂히는 비
단 한 번뿐이기에 그대를 물어물어 여기까지 왔다

너무 많아 모르는 나무가 내 몸에 흐르는 네가
아무도 없는 먼 곳에서 없는 사람이 되어가는 내가

산짐승의 목을 비틀어 피를 바치는 행렬이 오후의 염원을 새기는 이곳 재단에 놓인 풀반지는 잊기로 하자 죽은 신과 눈을 마주치는 일에도 허술해서는 안 된다 숲은 무분별한 일요일의 낙담 같고 침묵보다 아름다운 말이 있었다면

나의 전부를 알았더라면 떠나지 않았을 사람 빗소리가 사원을 에워쌀 때쯤 비가 그친다 일을 마친 남자는 돌을 등에 지고 집으로 간다 끝내지 못한 말들은 잠시 우리에게 남겨 놓고

페와, 에서

설산이 잠겨 있는 호수에 다다랐다
노를 젓는 어린 포터는 무표정한데 일행들이 떠드는 소리
가 설산을 깨운다 뒤에 앉은 한 명은 유독 호수 건너편 같다

수면이 깨지면서 설산은 갈라지고 배는 도드라진 물살을
뱉어낸다 안과 밖의 몰입이다 앞뒤 얼굴이 흩어진다

등불이 떠다니는 호수 건너 작은 섬에 바라히 사원이 있다

배가 닿는 가장자리에는 아이들이 수초처럼 흔들린다 멀
리서 온 우리를 쳐다보는 눈망울에는 알 수 없는 구원이 있
다 한 끼 감자를 빌리러 온 저 눈망울들, 물의 저울로도 기
울지 않는 삶의 눈금이 저렇게 또렷해도 될까

양과 오리를 바쳐야 사랑이 이루어진다는 사원은 네 개의
설산이 물속에서 떠받친 페와에 있다
*신발을 벗고 사원에 들어 향을 피워라 신전을 돌며 종을
울려라*

사랑의 무게를 짊어지면 언젠가 너의 바람대로 될지어니

　사랑의 모든 변명은 폐허, 폐와가 나의 다정이었다면 나의 기도에는 구름처럼 흐린 응답뿐

　폐와에 가면 양과 오리를 거느린 사원이 사랑처럼 떠다닐 것이다

　폐와, 불처럼 끌어안고 마지막 문장을 펼쳐든다

여름의 감정들

수국 피면 장마라더니
여긴 수국이 먹구름처럼 내려앉아요

빠른 장마가 시작되었다더니
장마는 제주부터 시작되어요

바람을 섬기는 자세로 아침이면 새가 다녀가고 몸을 휘감
는 소리가 이끼를 키운다

매오름 대숲에 드니 또각또각 대나무 부딪히는 소리, 하
늘길을 열어주는 드높은 대나무 꼭대기부터 비는 시작되고
새가 난다

그토록 말없이 내리던 비가 대답하듯 새가 난다

바다는 수문을 열고 정체된 비들을 삼킨다 장마전선으로
유입되는 여름의 감정들 심장을 문지르며 날아가버린 새 고
음과 저음을 드나들다 비구름을 몰고 오던 불안은 북쪽으로

벗어난다

오래전 죽은 새는
멀어지는 구름 뒤 계속 멀어지고
수국이 먹구름처럼 내려앉는 여기에서
새가 비처럼 날아다니는 거기까지

질문이 쏟아진다
대답은 여기까지

닮아간다는 건 얼마나 달콤한 범죄인가

이제 나는 좋은 사람이 되기로 한다 입을 닦고 눈을 헹구고

따뜻한 사람이 되고 싶다 주름진 안쪽이 되고 싶다 때론 나는

나와의 관계가 더 쉬우니까 선한 것에만 무릎을 꿇기로 했다

널 그만두길 참 잘했다

아무 데도 가지 않았다

사려니에도 가고 머체왓도 가고 생달나무도 보았다 숲에
는 숲이 바다에는 바다가 많았다 바다 가까이 숲이 가까워
언제든 맨발의 마음이었다 숲에서 나오다가 버려진 무밭을 봤다
무밭을 뒹구는 햇살을 통째로 뽑아 양손에 한 개씩 들고 와
썰어 말린다 채반에는 파종한 햇살이 늦가을처럼 가만히 쪼그라들고 무차
는 뜨거운 물에서 마냥 쉬어가니 어디쯤에서 마셔도 좋았
다 무언가를 오래오래 우려낸다는 건 그 속을 열어 보인다
는 것 절절(切切)하지 않고는 그 속에 잠든 빗물, 바람 한 홉,
버려진 파도까지도 알 수 없는 것 나는 무엇을 나누었을까 숲에는 우리
가 모르는 보물이 많았고 숲은 아무 데도 가지 않았다 마치
떨어질 수 없는 너와 나처럼, 해마다 살을 맞대고 가까워지
던 숲 가까이 바다 가까이 너의 부근에서 한철을 보냈다 그
리고 우리는 헤어졌다 그때 알았다 몇몇 이유가 전부가 될 수 있다
는 걸 시간이 흐른 뒤에도 꿈속에선 나중까지 오갔다

산사나무에 묶어라

봄의 끝자락, 다시 혼자가 되었고 밤늦도록 캄캄한 방과 베란다를 오간다 저미는 칼끝처럼 한 번에 완벽한 지점을 읽을 것, 푸드득 새가 날고 난간은 비석처럼 가팔라진다 가짜를 사랑한 나는 가짜가 아녜요 불을 밝혀주세요 밖으로 나가게 해주세요 한순간 적막은 또 다른 낭떠러지를 떠올리게 한다 상처 입은 목각인형에 하얀 리본을 묶는다 다음 날이면 생생한 적막과 맞닥뜨리고 누군가 날마다 저주를 배달해주는 것처럼 울음의 주문서가 쌓여갔다

혼자 묻고 답하던 그때 내가 나를 딱 한 번 거부했던 것 같은데 입을 다물수록 사실은 사실이 아닌 것만 같았고 수위를 어찌 견디는지 나 말곤 다 멀쩡해 보였다

혼자 오른 산을 혼자 내려온 나는 뒤돌아보지 않는 습성이 있다는 걸 알았다

나쁘지 않았다

산사나무 아래 묻어둔 울음은 다 잊었다

백조자리

당신이 내게로 오고 내가 당신에게 간 날들 양말을 벗고
뒹굴던 차디찬 폭죽들 물갈퀴를 가진 당신 발등 위에 내 발
을 포개면 달빛을 받아 빛나던 우리의 은하수 모가지 잘린
수초의 방에서 부르던 노래 black hole black hole

그럼에도 내게 가장 큰 거짓은 사랑이었다 사실과 거짓은
한 사람에게서 나온 것이고 그 방이 가질 수 있는 어둠은 꽃
잎 한 장처럼 가벼워 가벼워서 어젯밤 말들은 아침이면 반
대편으로 돌아누웠고 도둑맞은 육체가 덩그러니 놓인 방 안
에는 깃털이 떠다녔다

어제는 칡꽃

어제는 비 그치고 다른 이의 사랑 시를 읽는데 거기 너의
신발이 마르고 있었다 먹다 남긴 수프가 접시에서 식어갈
동안 비가 그치고 헛헛하고 뜨거웠고 정오가 옷깃처럼 해졌
다 같은 말을 반복하는 구관조처럼 우리도 우리의 생각만이
우리의 것이었다 들끓던 장마가 그치자 벽에 기대어 말라가
던 운동화에서 칡꽃 향이 났다 도무지 손에 잡히지도 잠재
울 수도 없이 달아나는 시늉을 하며 인기척을 내며

이제는 끝나버린 어제들이 가만히 비에 잠긴다
풀지 못한 우리의 대화처럼
비워둔 방 한 칸에는 두고 간 책들이 엉켜 있다
네 쪽으로 돌아눕던 베개가 곰팡이같이 주저앉던
끝방의 문고리에도 비가 스몄지

두고 간 게 아니라 버리고 간 걸 알기까지
부서지는 영원, 물풍선같이 아슬한 영혼의 집에 칡꽃이
피고 졌다

생각할수록 감쪽같은 어제의 일

장마가 지나갈 동안 일기장을 펼칠 수가 없었다

제4부

시를 낭비한 이마가
여기 있습니다

포항초

겨울이면 시금치 엮는 손끝이 저글링보다 빨라요. 손끝마다 잇몸을 드러내고 웃는 시금치, 차례를 알아 제 처지를 알아 순서대로 눕네요. 시름시름한 시금치는 그날그날 저녁 국이 되었지요. 시금치는 모래에서 잘 자랐습니다. 바닷바람 맞으며 시금치가 자라는 곳은 소풍날 놀던 솔밭이었어요. 봄가을 우리가 뛰어놀던 모래 솔밭은 겨울이면 황금꽃을 피웠지요. 나는 소풍을 가고 엄마는 일터에 갑니다. 시금치 팔아 시금치 넣은 김밥을 싸주었지요. 시금치는 달콤한 겨울이었습니다. 엄마는 시금치를 엮어요, 저글링보다 더 빨라요. 시금치는 식탁을 차려요, 삼 남매의 고등어가 되어요. 젓가락 끝에 고등어 살 발라질 때 그제야 엄마 손끝에서 모래가 빠져나갑니다. 그 많은 시금치는 누가 다 먹는지 다음 날이면 다시 솔밭으로 갑니다. 시금치는 우리 삼 남매의 가장이었어요, 윤기 나는 우리의 호구였어요. 뿌리에선 철보다 진한 냄새가 났으니 포항초라는 고유명사를 얻었지요. 금모래 아래 잠든 엄마의 입김으로 겨울이 데워져요 밑동이 붉은 나도 어딜 가나 포항 사람이듯이 따뜻해질래요

여름에는 여름의 항구를 가지자

끝까지 가서야 끝인 줄 알아 먼 곳[串]
끝에 몰린 짐승처럼 한바탕 최후답게 감춘 꼬리

기차가 다니지 않는 철길 옆 잣나무는 잣이 익어도 아무
도 따 가지 않았지

부둣가 앞 슬레이트 단층이 물빛에 잠긴다 고개를 숙여야
들어가는 대문 안에는 채송화가 사방으로 발을 뻗었다 어디
에서 날아든 씨앗일까 라디오에선 별이 빛나는 밤의 샌프란
시스코
희망곡은 사연에 덧붙인 해방의 은유

겁 없는 오늘의 운세처럼, 갓 지은 밥처럼 뜨겁게 둘러앉
아 볼이 미어져라 상추쌈을 먹고 나면 금세 친구가 되어 속
엣말을 트고, 자정에도 기찻길을 드나드는 내 또래인 듯 아
닌 듯 반짝이던 전갈자리 물병자리

여름에는 여름의 항구를 가지자 했다 뜨겁게 웅크렸던 밤

이 샌프란시스코를 빠져나가면 성인식을 치르던 나쁜 항구
에선 모두가 빈손으로 떠났다 한다 끝까지 왔으면 끝까지나
가볼 것이지 뒷말만 무성했다

  눈 덮인 잣나무 아래서 시멘스호텔을 배경으로 사진을 찍
었지 샌프란시스코의 여인처럼

  미지의 항구를 찾아 배에 오르던 까만 머리칼, 기찻길에
버려진 노란 가발을 쓰고 몇몇은 약장수를 따라나섰다는데
나의 열아홉은 폭설에 발 묶인 여름에 있었다

백합병동

작은 것 가운데 작은 것 가운데 큰 것은 무엇입니까

꿈결에서 들리는 소리를 따라 깨어나니
통증이 딸려 나왔다

한 번에 삼킬 수 없어 서른 번을 씹다가
목구멍에 걸린 죽 한 모금에
앉았다 섰다 물 마시다 욕이 나올 뻔

구멍 없는 먼지 하나에도 무너지는데
산은 아름답지 못한 절단면을 어떻게 견디는가

느리고 지루한 곤충이 되어버린 낯선 시간
아무것도 해줄 수 없는 것만큼 무기력한 것이 또 있나
나는 물 한 모금에도 허락이 필요했다

장대비같이 한바탕 허공을 메꾸는 매미는
어디서 저런 운율을 허락받았을까

며칠째 오줌보가 터지지 않는
한 사람 울고 있다

내가 아는 숲은 다 졌어요

아침, 저녁 약은 졸린다는 약사의 말을 복습하듯
아침 약을 먹고 나서 깜박 졸았다
머리를 푼 고무줄이 손에서 툭 떨어진다

밖에는 일요일의 분주함이 신발을 끌며 달아나고
귓속은 며칠 전부터 오토바이가 시동을 걸고 있었다
싣고 갈 꽃바구니가 도착하지 않은 모양이다

오토바이를 꺼주세요, 간청했지만
귀 안은 들여다보지 않고
집게나 드릴도 없이 플래시도 비추질 않고
시동을 끄는 처방전을 목으로 넘기라 한다

언덕을 오르던 오토바이는 라마의 울음소리를 낸다
그런 날은 좀 멀리까지 소문을 배달해주려나
돌 구르는 소리 점점 가까워져가네

겪어보지 않아서 모른다면 어디선가는

발견되지 않은 모서리도 있을 것이다

고장 난 귓속은 여름이 다 가도록 열 수 없었다

세 박자 쉬고 울고 세 박자 쉬고 귀 열고

예덕나무를 알고부터 예덕나무만 보였다
번행초를 먹고부터 번행초만 찾는다
내 위(胃)는 한 번 칼맛을 봤으니
예덕도 번행초도 예사로 보이지 않는다
나머지를 덜어내지 않으려면 껍질을 벗겨 말리고 물을 우려 마셔야 있는 위라도 지킬 수 있다 했다 내 몸에도 간벌이 필요했던 것일까 병이라는 도려냄이 가져다준 수척에도 몸은 저절로 열리고 닫혔다

검은등뻐꾸기가
세 박자 쉬고 울고 세 박자 쉬고 운다
나도 세 박자 쉬고 귀 열고 세 박자 쉬고 귀 연다
저 스스로 터를 옮기지 못하는 나무에 대해 생각하느라 봄밤이 자꾸자꾸 부풀었다 푸른 잉크를 풀어놓고 나무들은 밤마다 입을 맞추었다

예덕이며 번행초며 명명된 것으로
몸을 이기려 하지 않고

칼이 지나간 사이를 잘 누비는 일

간벌이란 이름으로 나무가 내게 한 조언이었다

사이에 서서 사이를 띄우고
나무에 물오르는 소리에 귀를 댄다
생살이 찢긴 이후 나는 누구도 미워하지 않기로 했다
내 몸을 팽개친 후에야 속도의 매듭을 풀 수 있었다

나는 누구의 최초인가요

탱자나무에 탱자꽃이 피었어요
무인 탐사선이 역사상 최초로 태양계를 벗어났어요

아버지가 내게서 멀어져간 시간은
지구에서 얼마나 떨어져 있나요

어쩌다 가시로 나온 탱자꽃
한 잎 한 잎 내게 날려 보내주신

아버지 없는 아버지는 할아버지 없는 나를 낳았고요
아버지라 한 번 부르지 못한 아버지는
아버지를 어떻게 신는지 먹는지 우는지 몰라 쩔쩔매요

안녕하세요 인사 한 번 묻지 못한
당신은 아버지가 맞습니까

최초의 X를 발견했다고 목격자가 입장을 밝힐 때마다 이
전의 목격자는 사라지고요

아버지는 아버지 없이 이제 태양계를 벗어나나요

탱자나무 울타리 옆 마른기침을 하는
당신은 가시의 태초를 들여다봅니다

탱자꽃이 져요 아버지
한 잎 한 잎 호흡을 가다듬어요

다시 올 거라는 말

*

오늘 한 노인이 죽었다

정수리에 바늘로 구멍을 내면 포와* 의식은 끝난다

영혼이 빠져나간 육체

시신을 태아처럼 구부린 자세로 묶는 건 다시 태어나길
바라는 염원에서라는데 숨표와 쉼표가 동시에 황무지로 멎
는 순간이다 그때 천장터를 내려다보는 수백 마리 독수리
죽은 사람을 보러 올 때만 모이는 헐벗은 언덕에 검은 눈만
빼곡하다

*

천장사(天葬事)는 붉은 옷을 벗어던져 독수리를 부른다

망자의 가족들은 지켜볼 뿐

다시 태어난다는 믿음이 눈물을 거두었다

독수리는 영혼을 하늘로 인도하고

육체는 아낌없이 보시할수록 환생할 수 있다 믿는다

102

*

눈발 휘날리는 천장터에 노승과 육십의 남자와 열여덟 살
소녀의 시신이 들어온다

하늘로 가는 길에 만난 뜻밖의 동행이다 서로가 주고받은
유언이 있다면 다시 오겠지

다시 올 거라고 믿는 생을 나는 믿지 않는다

다시 올 거라는 말 거짓말, 거짓말

* 영혼의 이동을 의미하는 티벳 밀교 의식.

거북은 거북이가 될 수 있다

호두나무 아래 두 노인
백 년 전에 만난 사람처럼 까마득한 그림자다

호두나무 가지는 서쪽으로 단단하게 기울었다
귀가 어두운 두 노인의 말소리가
호두나무 가지를 넘어가는 중이다

한 노인은 거북, 이라 하고
한 노인은 거북이, 라고 한다

그 말을 노란 감국이 알아듣고
나지막이 줄기를 구부린다

한참을 걷다가 뒤돌아보니
아직도 서로의 등을 밀어내느라 목이 잠긴다

거북은 거북이가 될 수 있다고 말해주고 싶었다

떨어진 호두를 줍는 노인의 등이 거북 등처럼 갈라지고
여간해선 꿈쩍 않는 호두 잎에 느릿느릿 이슬이 맺히고

굳어버린 귀가 멀뚱멀뚱 딴청을 피우는 까닭
믿음이 곧 사랑이라는 걸 눈치채지 못한 걸까

석양이 올 때까지 거북과 거북이는 서쪽을 못 넘고 있었다

물 위의 집

큰 잎이 시들고 작은 잎이 올라온다
작은 잎은 큰 잎과 자리를 바꾸지 않을 것처럼
마주 보지 않고 어긋나 있다
자리를 내어주지 않으려는 속셈이다

수직의 관계 수평이 되기까지
하나둘 뛰쳐나간 마음들이 집으로 오기까지
시들어서 지기까지
마음을 뺏긴 소풍도 있었다

실내만 들어오면 죽은 척하는 화분처럼
문 하나로 드나들던 무수한 감정들
빠져나갈 곳 없이 닮은 손금들

마주 앉아 푸른 완두콩을 까다가
쓰러진 모든 비탈을 걱정했다

푸른 살이 썩어들어가

물도 따라 썩어들어가*기 시작하고
미음을 젓듯 기포를 고르고
서투른 각도에서 잉태한 울음들이 모여 사는 곳

태풍이 지나가면 맑아지는 물처럼
돌아오는 날까지 나는 흔들리지 말아야 한다

지울 수 없는 지문을 나눠 가진
물 위에 지은 집

* 노래 〈작은 연못〉 가사

모서리 허물기

나의 발자국은 너무 협소하다
날개가 없다 사건 현장도 없다

사진 한 장 없이 죽은 사람도 수두룩하다던데
나는 날마다 알리바이가 정확한 시신을 돌본다

이 일은 언제 그만둘 수 있습니까

알고 지낸 시인들은 다 떠났다
나는 모서리처럼 멈췄다

속속 도착하는 시집은 대파 뿌리처럼 완강한데
도마 소리만 뱉어내는 나는
언제 죽어도 여한이 없습니까

집과 일터가 지구를 뱅뱅 돌린다
일하고 일하고 사랑도 못 하고
모서리를 다듬는 직업이 있다

누구도 생각지 못한 일들을 누군가는 해내니까
발견되지 않은 모서리의 몫은 아름다울 것이다

빈칸에 시신을 끼워 맞추며
시를 낭비한 이마들이 여기 있습니다

사직서

빈 운동장을 돌다가
내가 디딘 바닥은
또 다른 허공이 된다는 걸 알았다

구석으로 내몰린 허공에 풀이 자란다
여름풀은 버려진 무기처럼 사납다
노려본다는 생각이 든 것은
뿌리내릴 수 없는 마른 땅의 기척을 느끼고부터다

생각해보면 계절도 계약직이나 다름없다
그래서 그런데 왜와 같은 절차는
허공의 약관에는 없으니까

아무도 자물쇠를 채운 적 없는데 손잡이가 무겁다
밀어야 할지 당겨야 할지 모르는 문 앞에서
여닫는다는 생각조차 얼어버렸다

바닥을 닫을 기세로 운동장을 도는 허공

두 손 머리 위로 올린 해바라기도 무기를 버렸다
상상의 기착지에서 빌어먹을 삶은 현실 밖

텔레비전에서는
날씨 예보보다 정확한 확진자 집계 현황표가
비말처럼 떠도는데 한 달 뒤면

입사한 지 꼭 일 년이 된다

읽기 쉬운 마음

우리는 왜 그토록 화가 나서 각자 문을 닫았나. 말하다 말고 서로를 남겨둔 채 하루 번갈아 하루씩 입을 다물고, 건드리면 걷잡을 수 없이 연약한 내용물이 쏟아져 나왔다. 부목처럼 힘이 다 빠져 언제 휩쓸릴지 모르는 우리, 형편없이 덧댄 쪼가리같이, 저만치 벗어던진 신발 한 짝같이, 함께 살아도 같은 마음인 적 있었나. 어쩌자고 일요일마다 비가 내렸나, 누가 보지 않으면 내다 버리고 싶은*, 문이 없는 곳에 매단 달력처럼 어디서 노크해야 할지 몰라 쩔쩔맸다. 아프지 않았으면 좋았을, 병은 아픈 것이 아니라 서러운 것, 병을 얻고부터 하루도 슬프지 않은 날이 없었다. 너무 멀쩡해도 너무 아파도 우린 제대로 설 수 없을 거야, 하나에서 열까지 세는 동안 방문 앞을 서성이는, 읽기 쉬운 마음이 모여 사는 섬, 물음표와 감탄사를 한 몸에 지닌 까닭에 때때로 그 마음은 자주 들켰다.

* 기타노 다케시의 인터뷰.

살구나무 정거장

조금 늙어버린 우리와 이제 막 입을 맞추는
연인과 뛰어다니기만 하는 아이와 휴일의 흰
운동화와 정해진 관람석을 벗어나 유성같이
숨겨진 마당을 돌아 해도 그늘도 처마마다 넘
치는 기와 하나 얻었네

마른 꽃잎 밟으며 성큼성큼 코를 갖다 대
며 언제 거기 사잇길 입을 가린 채 웃는 은방
울꽃은 예정에 없던 놀라움 봄날의 체온을 다
품은 도심 속 수막새는 부러울 게 없어라 나
도 덩달아 석어당 앞 살구나무를 보다가 느린
보폭으로 떨어진 저녁을 업고 집까지 왔네

궁은 잃어버린 일요일의 정거장, 우리는 풋
살구에서 깨어난 천 년의 한 페이지, 함께 구
겨질수록 함께 애처로웠네

겨울 산과 딸기와 소란들에게

잎 떨군 나무 주위로 호흡이 가파르다
버리고 나서 제 모습을 찾은 산이라면
겨울에게 고맙다 할 말이 남았고
무덤이 되려다 만 낙엽은 온갖 꽃들의 떨기이니
나무에 다가갈 일이 남았다

내 눈을 내가 못 보듯
가까이 들어앉은 마음 읽지 못할 때
둘러앉은 것들은 속으로 울고 있었다

그림자 옆에 그림자를 생략한 채
지난 오월의 흥분을 가라앉힌다
어디서 어디까지가 고요인지 조금 알 것도 같아
눈 내리고 비로소 발끝과 손끝을 모아본다

비닐하우스의 딸기는
바깥 기온을 눈치채지 못하고 붉게 달아오르는 중이다
설익은 겨울과

제철을 비껴가는 소란에게
언제 한번 딸기처럼 붉어지자 말할 걸 그랬다

아직도 죽은 희망과 이마를 맞대는 조급함이여
한 번은 온전히 차가워질 것이며
온전히 벗을 것 타협하지 말 것을

우리가 탄성을 뱉어야 할 지점은 얼어붙었다
다만 겨울이 왔다

웨이터는 어디서 왔습니까

우리는 그렇게 둘러앉아 가방을 내놓았다

모두 제 것만 쳐다보고 있었다

이 가방은 누구의 것입니까
제 가방입니다
왜 당신 가방입니까
내가 내 돈으로 샀으니까요
그 돈은 어디서 왔습니까
일해서 벌었어요
다시 물을게요
가방은 어디서 왔습니까

　백화점에 가방이 오기까지 가방은 누가 만들었으며, 가방의 소재는 어디서 왔으며, 가죽에 염료를 입히기까지, 공장이 가동하기까지, 가방을 디자인한 사람은, 밥을 먹여준 사람은, 안전이라는 뼈대를 시멘트에 섞어 햇살을 오픈한 사람은, 가방을 파는 점원은, 이산화탄소에 질식한 몇몇 검은

눈동자는, 그래도 그 가방은 당신 것이 맞습니까

둘러앉은 얼굴 하나하나가 혼자 것이 아니었다

거슬러 가면 웨이터조차 웨이터가 아니었다

존재와 부재의 계절을 몸으로 쓰다

최은묵

심중으로 침잠한 언어는 용암처럼 뜨겁거나 화석처럼 단단하다. 안에 오래 짓눌러 가둔 소리는 몸을 타고 흐르다가 층층 퇴적되어 특정한 시간에 멈춰 굳어지기도 한다. 이렇게 침잠의 세계에 머물던 소리가 떠오르기까지는 마땅한 계기가 필요하겠지만, 때로는 몸속에서 딱딱해진 세포 덩어리를 떼어내듯 퇴적된 층의 미세한 틈에 칼을 대야만 할 때도 있다. 이렇듯 "끝까지 가서야 끝인 줄 알"게 되는 "곶[串]"(「여름에는 여름의 항구를 가지자」)처럼 막다른 걸음에 이르러서야 느끼는 통증 앞에서 시인은 어떤 자세를 취해야만 할까?

박병란 시집 『읽기 쉬운 마음』은 누적된 통증을 자신만의 방식으로 최대한 고요하게 분출시킨다. 이런 몸짓은 마치 혼합된 감정을 낱개로 해체하는 모습과 흡사하다. 세상의 가장 조용한 곳, 그러니까 곶[串]처럼 세상의 끝점에서 삶을 반추하는 행위는 시인으로서 박병란이 세상을 딛는 방식이며 이번 시집에서 사유를 발화하는 굵은 축으로 작동한다.

　가라앉은 것은 사라진 게 아니다. 보이지 않는다고 느낌마저 소멸한 것은 아니다. 감정은 깊은 곳에서부터 꿈틀거림이 시작된다. 침잠의 깊이가 클수록 표층에 와닿는 통증의 정도가 세지는 까닭도 이와 무관하지 않다. 이런 감정의 깊이를 토대로 박병란의 시를 살펴 한 문장으로 함축하자면 "가버린 것과 오지 않는 것 곁에서 서성이는 말"(「부록(Anexo)」)이라고 정의해도 무리가 없을 것이다. 그쯤의 사이를 '여름'이라고 말해보는 건 어떨까. 비 많고 무더운 사전적인 계절 말고, 채워도 자꾸만 비는, 비워도 자꾸만 채워지는, 사라져도 나타나는, 나타나도 만질 수 없는 그런 상태를 하나로 묶어서 '여름'이라는 상징으로 불러보기로 하자.

　　사라지는 식탁이 있습니다
　　사라지기를 반복하는 날벌레가 있습니다
　　사라지는 기분이 있습니다

　　기분은 왜 아침부터 시작될까요

　　없는 너를 부르다가 없는 사람이 되었다가
　　그게 꼭 나쁘지만은 않아서
　　한꺼번에 몇 가지 기분이 되어보는 우리는,

아침에 사라지는 식탁을 찾습니다

사라지는 것에서
살아가는 것으로 날벌레로 여름 날씨로 없는 사람으로
고등어 통조림을 싣고 들것처럼 사라지는 식탁은 몇 가지
기분일까요

여름 기분은 아침 다르고 저녁이 다른
침엽수림의 날씨 같아서
없는 사람이 되었다가 없는 너를 찾다가

— 「여름 식탁」 전문

"반복"이란 어떤 현상에 대해 무뎌짐을 수반한다. 다시 말해
"사라지기를 반복하는" 것들로부터 받는 충격은 서서히 완화
되더라도 잔재한 진동은 가라앉은 것들을 수시로 부상시킨다.
이러한 진동은 대부분 갈등의 뿌리 가까운 곳에서 기인한다.
즉 파생된 현상의 대부분은 분산되더라도 그 근원은 쉽게 사
라지지 않는데, 짙게 남아버린 얼룩이나 기억처럼 삶의 언저
리에서 불쑥불쑥 비집고 나오는 덩어리들이 바로 사라지지 않
는 끝점의 감정인 것이다.

삶의 공동체에서 "식탁"은 '우리'가 섞일 수 있는 최적의 장
소이다. "아침에 사라지는 식탁을 찾"는 행위는 실체적 대상의
부재로 인한 감정적 불안을 확장한다. "기분"이란 환경의 영향
을 받으며 지속성을 지닌다. "아침부터 시작"된 기분이 하루에

영향을 미치는 건 당연하다. 그럼에도 세밀히 살펴볼 부분은 "여름 기분은 아침 다르고 저녁이 다른/침엽수림의 날씨 같"다는 고백이다. "침엽수림"은 활엽수림에 비해 기후변화에 취약하다. 이것은 화자의 감정이 수시로 흔들리고 변화하는 갈등을 비유하고 있으며, 울창한 숲이 쏟아내는 파장의 연속성을 내포한 의미로 봐야 할 것이다.

"사라지는 식탁"이나 "사라지는 기분"처럼 소멸하지 않고 반복되는 어떤 현상이 도출한 사이클은 불안정하다. 그것의 원인이 무엇인지 서둘러 살펴볼 필요는 없겠지만, 분명한 점은 「여름 식탁」이 공간의 부재로 인한 현상과 갈등을 펼치는 화두라는 사실이다. 그렇다면 박병란 시집 『읽기 쉬운 마음』을 어떤 각도로 접근해야 할까? "없는 너를 부르다가 없는 사람이 되었다가"에서 보이는 불안한 갈등이 "몇 가지 기분"으로 어떻게 표출되는지, 또 화자로서의 시인이 "사라지는 것에서/살아가는 것으로" 어떻게 옮겨가는지 살펴보는 일은 박병란 시집을 더듬는 독자의 몫일 것이다.

여기쯤에서 박병란 시집에 수시로 등장하는 '여름'이 무엇인지 궁금해진다.

"여럿이라서 가능한 일이 자주 일어나던 여름이었다"(「시인의 말」)라는 말에서 눈여겨볼 부분은 어디일까?

"여럿"은 '혼자'의 이면이며 "식탁"은 "여럿"의 구체적 사물로 작동한다. '함께'가 지워진 텅 빈 "식탁"의 모습은 시집 전반에서 화자의 모습을 아우른다. 수시로 "식탁"에 눈길을 두는 '나'

에게 비어 있음은 여백이 아니라 아픔이다. 그리고 이러한 통증을 고스란히 담고 있는 '여름'은 존재와 부재가 공존하는 영역으로 시집 『읽기 쉬운 마음』을 동여매는 커다란 공간으로 작동한다.

우리는 계절적 여름에서 벗어나 시인이 만든 '여름'이라는 새로운 세계에 집착할 필요가 있다. '여름'은 박병란의 시 세계가 펼쳐지는 상징적 무대이며, 침잠했던 "몇 가지 기분"의 실체가 어떻게 떠오르는지, 어디에 흩어져 있는지 조금조금 좁혀 접근할 수 있는 단서이기도 하다. 이제 "무엇과 무엇이 함께 만들어내는 고유함"(『시인의 말』)에서 차근차근 방향을 더듬어보기로 하자.

"함께 만들어내는 고유함"은 '나'와 '너'와 '우리'라는 협의로, 또 '시인'과 '사물'과 '시 세계'라는 광의로 생각할 수 있다. 하지만 한 권의 시집을 두고 내용적 접근과 사상적 접근을 굳이 분리해서 생각할 필요는 없다. "우산을 접으면 비가 내렸고 우산을 펴면 그쳤다"(『리스본의 산책자』)처럼 어긋난 현상에 대한 갈등은 단순히 '나'와 '너'의 관계에 한정되지 않기 때문이다.

> 괜찮나요 먼지는 알아서 뭉쳐요 커튼에 가려 실내 먼지는 보이지 않고 구석은 썩지 않고 눈앞에 나타나지 않아요 아무 눈에 띄지 않아서 아무도 말하지 않는 것들이 바닥 뒤에 숨어요 동굴은 길어 터널, 괜찮나요
>
> ― 「Preserved flower」 부분

시인은 갈등을 포착하고 움켜쥐는 힘이 있어야 한다. 박병란은 어김없이 그런 순간을 흘려보내지 않으려 한다.

프리저브드 플라워(preserved flower)는 생화일까? 조화일까? 프리저브드 플라워는 생화에 염료를 착색하여 수년간 처음의 모습을 유지시킨 보존화이다. 자연적인 현상에 인위적 행위가 더해진 순간 그것의 본질은 고유하다고 장담하기 어렵다. 염료가 착색된 삶은 본래의 속성 대신 가공된 겉을 드러낼 수밖에 없다. 화자가 찾아낸 "먼지"는 이런 삶을 대변하는 사물이다. "커튼에 가려"진 채 "구석"에서 썩지도 않는 "먼지" 같은 삶의 자리는 언제나 "바닥"이다. 이런 자리는 시인의 직접적 사유일 수도 있겠지만 세상 곳곳에서 맞닥뜨리는 삶의 층위를 보편적으로 사유한다고 봄이 타당하다.

보편적인 것들로부터 어떤 갈등을 체화하는 일은 너무 흔해서 차라리 쉽지 않다. 그러니 흔한 갈등은 갈등 그대로 두는 것도 무방하겠지만 박병란은 주변에 산재한 갈등을 자신의 몸에 관통시켜 녹여내며 대부분의 사유를 형성한다. 이런 방식은 심한 고통을 수반한다. 다시 말해 박병란에게 '여름'이란 침잠의 언어를 꺼내 흘러내리게 하기까지 온몸으로 다른 계절을 밀쳐내고 만들려는 세계의 다른 이름인 셈이다.

> 장마전선으로 유입되는 여름의 감정들 심장을 문지르며 날아가버린 새 고음과 저음을 드나들다 비구름을 몰고 오던 불안은 북쪽으로 벗어난다

오래전 죽은 새는
멀어지는 구름 뒤 계속 멀어지고
수국이 먹구름처럼 내려앉는 여기에서
새가 비처럼 날아다니는 거기까지

질문이 쏟아진다

　　　　　　　　　　　— 「여름의 감정들」 부분

　시인은 왜 스스로 통증이 되어야만 했을까? "여름의 감정들"
은 "장마전선으로 유입"된다. '비'는 '여름'의 주된 현상 중 하나
다. "빵을 조금씩 떼어 비가 될 때까지 씹는"(『리스본의 산책자』) 일
처럼 '비'는 단순한 물성이 아니라 삶에 밀접한 영향을 미치는
상징성을 지닌다. 그러므로 '여름'에 바탕을 둔 세계의 감정이
란 여전히 「여름 식탁」에서 말했던 "몇 가지 기분"과 일치하며
그것은 당연히 '비'가 지닌 여러 현상에 맞물려 작용한다. 그렇
다면 젖고 축축해지고 멈추게 하는 '비'가 시인에게 작동하는
방식은 무엇일까? "비구름"은 "불안"의 다른 모습이다. "비구름
을 몰고 오던 불안"이 "북쪽으로 벗어"나기까지 화자의 "질문"
은 지속된다.

　이처럼 삶에 던지는 끝없는 질문이 바로 시가 아닐까? 시인
은 "이끼색 화병과 유칼립투스와/감자 두 알이 힘차게 서로를
바라보고"(『시인의 말』) 있는 식탁 앞에서 끊임없이 세상에 질문
을 던진다. 우리가 그런 시인의 모습을 상상하는 일은 어떤 대
답을 듣기 위함이 아니라 질문의 무게를 나누려는 마음일지도

모른다.

　　지구에 빈자리 하나 생기면 누가 울어주기나 할까 나는 말
이야 밤이 되면 영혼이 영혼에게 청혼하는 소리도 들을 수 있
지 손바닥만 한 햇살로도 목욕을 할 수 있어 오늘은 비가 내려
왕벚꽃이 태양처럼 쏟아지고 있었어 모두 잘 있게 나는 지구
끝까지 가볼 생각이야 내겐 목줄이 없거든 나를 찾을 생각은
말게 참치캔을 찾아 길 위에 떠도는 기분을 난 알지

　　　　　　　　　　　　　　　　　　　—「그루밍」부분

　박병란의 어법은 대부분 독백을 차용한다. 속말과 몸짓을 보
고 들어줄 관객은 없어도 상관없다. 스스로가 주인공이며 스
스로가 관객이 되는 무대에서 부분적으로 생략된 서사는 고요
하다. 이런 시적 발화는 독특하다. 때론 직접적으로, 때론 에
둘러 "한꺼번에 몇 가지 기분"을 전달하는 동안 독자는 '너'의
존재와 부재에 대한 의문에 젖을지도 모른다. 이것이 시인의
계획된 의도라면 '너'는 시적 화자인 '나'와 더불어 '여름'을 구
성하는 개체임이 분명하다. 이런 관점에서 볼 때「그루밍」마
지막 부분의 독백은 혼잣말이 아니라 '너'를 염두에 둔 고백으
로 읽어도 좋다. 육체적 거리와 정신적 거리는 일치하지 않는
다. "빈자리"를 '너'의 부재라고 할 때, 서사를 입은 너와 그 너
머의 세계를 일컫는 너를 굳이 따로 읽어야 할 이유는 없다. 그
러므로 "영혼이 영혼에게 청혼하는 소리"나, "지구 끝까지 가
볼 생각"이나 "길 위를 떠도는 기분" 같은 것은 '여름' 이후의

세계를 추구하는 시적 의지로 보아도 좋을 것이다. 여기에서 "목줄"처럼 삶을 얽어매는 감정은 너머로 건너기 위해 불필요한 가치다. "목줄"을 벗은 시인의 목소리는 어떠할까? 하지만 이것은 '내일'의 질문일 뿐 '오늘'은 여전히 불안의 반복이다. 이런 지독한 불안의 연속은 '읽기 어려운 마음'이다. "외로움"과 "슬픔"을 밑그림으로 채운 시집을 건너는 일 또한 어려운 일이다.

박병란은 왜 이리도 짙은 통증의 언어를 모았을까? 하나의 세계를 온통 흔들림으로 채우기까지 방관자가 아니라 공유자로서 직접 행위한 까닭은 무엇일까? 어쩌면 박병란은 몸으로 뱉어내는 언어를 통해 시의 기저에 가 닿으려는 시도를 한 것은 아니었을까?

> 일정한 발자국도 창고도 없이 나와 어딘가 닮았다 이유를 만들지 않아도 되는 이력같이 바다에서부터 썩지 않고 살아남은 향, 알맹이는 갈고 껍데기는 말리는 파치의 쓸모에 대해 보람, 이라 발음해본다
>
> ― 「파치 귤」 부분

스스로 불안한 언어가 되기를 주저하지 않은 시인의 몸짓은 우리로 하여금 시가 무엇인지 그 근원적 물음을 되짚게 한다. "서로에게 서로를 내주는 일"은 시적 대상을 몸으로 받아 소리내겠다는 뜻으로 읽어도 된다.

"일정한 발자국도 창고도 없이" 교토, 제주, 네팔 등지에서

삶의 부분을 조각하는 "나"에게 "파치"란 감정을 치환하기에 적절한 대상이다. 깨지고 흠이 나서 못 쓰게 된 "귤"은 상품으로서는 가치가 없지만 "향"은 온전하다. 나무에 매달려 있다가 떨어진 "바닥"은 "외로움"과 "슬픔"과 "가난"의 냄새들이 짙은 자리다. 이런 곳에서 "썩지 않고 살아남은 향"은 한 명의 사람이 갖는 유형의 의미를 넘어 한 명의 시인이 갖는 무형의 세계와 맞물린다.

이처럼 박병란의 시는 누군가에게 버려지고 쓸모없는 것에서 의미와 가치를 찾아 사유에 이르고자 한다. "파치"로 치환된 "나"의 이미지는 "만들지 않아도 되는 이력"처럼 세상에 드러내지 않아도 되는 이름이다. 쓸모없음에서 쓸모를 찾는다는 건 결국 문학이 말하고자 하는 방식과 상통한다. 이것을 "보람"이라고 말할 수 있는 건, 박병란 시인이 걸어가려는 시의 세계가 "파치"에서 찾아낸 "쓸모"와 동질이기 때문이다. 이런 사유는 「아무 데도 가지 않았다」의 한 문장에서도 만날 수 있는데, "무차는 뜨거운 물에서 마냥 쉬어가니 어디쯤에서 마셔도 좋았다 무언가를 오래오래 우려낸다는 건 그 속을 열어 보인다는 것"에서 느낄 수 있듯이, "오래오래 우려낸다는 건" 시적 대상과의 교감이며, "속을 열어 보인다는 것"은 박병란의 시가 갖는 방향에서 살펴볼 때 몸의 언어에 이르기 위해 사물과 기꺼이 하나가 되려는 능동적 자세라고 할 수 있다.

실외기에 놓인 돌멩이 위로 투둑투둑 이는 빗방울에 대해

고양이 사료에 까맣게 달라붙은 초파리들에 대해
행궈 엎은 밥그릇 밑에 악착같은 민달팽이에 대해
사느라 입 벌리고 몸 벗는 얼굴이여
마주할 수 없는 정글 같은 공동의 우리여

비를 맞으며 사료를 먹는 고양이 옆에
우산을 받치고 앉은 나도 어젠 속수무책 옆에
온종일 내린 비에 퉁퉁 불은 낯선 눈빛 옆에
젖은 사물들 틈으로 기어 나오는 벌레들 옆에

미끈거리는 호밋자루를 쥐고
쪼그린 자세는 호미의 힘일까 흙의 힘일까?
파헤치는 쾌감을 호미가 알까 흙이 먼저 알까?

호미는 흙에 참 알맞고
손이 하는 일을 크게 크게 덮어주는구나
음식 찌꺼기는 구덩이를 파서 묻다가
나 편하자고 한 일이 지렁이에게도 좋다니 나도 좋아
지렁이 똥이 흙으로 돌아와 맨발로 걷다 보면
작아진 내가 더 작은 유기물이 되어가고

—「화엄」 부분

화엄의 사상에는 모든 존재와 현상들이 서로 끊임없이 연관
되어 있다는 의미가 담겨 있다. 즉, 「화엄」에 호명된 다양한 사
물들은 지금까지 살펴본 박병란의 시의 방향처럼 시인의 몸에

스며들었다가 사유로 발화한다.

"쪼그린 자세"로 "호미"를 쥐고 "흙"을 파헤치는 화자의 모습은 사물과 하나가 되려는 시인과 정확히 일치한다. "흙"을 파서 "구덩이"를 만드는 동안 "흙"과 "호미"의 감정을 더듬는 일이나, 사람에게는 더 이상 쓸모없는 "음식 찌꺼기"가 "지렁이"에게는 먹이가 되는 일이나, "지렁이 똥이 흙으로 돌아"오는 일 모두가 시를 생각하고 쓰는 시인의 여정이라고 한다면 "내가 더 작은 유기물이 되어"간다는 말은 시의 터전을 어디에 두어야 하는지 그 분명한 방향을 찾아냈다는 고백인 셈이다.

하지만 "나 편하자고 한 일"에 대한 원인이 무엇인지 시집 전반에 걸쳐 표층에 드러난 서사를 되짚어보면, 여기에는 어김없이 "당신이라는 비문(非文)"(『맨드라미』)이 선연히 드러난다. 이때 "당신"은 "생각할수록 감쪽같은 어제의 일"(『어제는 칡꽃』)이고, "내게 가장 큰 거짓"(『백조자리』)이고, "견디는 일을 너무 오래 앓아"(『나의 전부를 알았더라면』)야 했던 시간이고, "같은 것을 얻으러 와서 서로 다른 것을 버리고"(『감포』) 간 계절이고, "행복해?"(『너가 운다』)라는 물음을 건네야만 하는 대상이다.

그렇더라도 우리는 서사에 발목을 적시지 말아야 한다. 정지된 서사는 스스로 무게를 지녀 가라앉기 마련이다. 불안한 갈등은 저절로 없어지지 않는다. 시가 그쯤에서 작동하는 건 증폭된 갈등이 어떤 한계에 이른 까닭이다. 박병란의 시가 부풀 대로 부푼 '여름'을 품었던 이유도 이와 무관하지 않다.

예덕나무를 알고부터 예덕나무만 보였다
번행초를 먹고부터 번행초만 찾는다
내 위(胃)는 한 번 칼맛을 봤으니
예덕도 번행초도 예사로 보이지 않는다
　나머지를 덜어내지 않으려면 껍질을 벗겨 말리고 물을 우려
마셔야 있는 위라도 지킬 수 있다 했다 내 몸에도 간벌이 필요
했던 것일까 병이라는 도려냄이 가져다준 수척에도 몸은 저절
로 열리고 닫혔다

　검은등뻐꾸기가
세 박자 쉬고 울고 세 박자 쉬고 운다
나도 세 박자 쉬고 귀 열고 세 박자 쉬고 귀 연다
　저 스스로 터를 옮기지 못하는 나무에 대해 생각하느라 봄
밤이 자꾸자꾸 부풀었다 푸른 잉크를 풀어놓고 나무들은 밤마
다 입을 맞추었다

　예덕이며 번행초며 명명된 것으로
몸을 이기려 하지 않고
칼이 지나간 사이를 잘 누비는 일

　간벌이란 이름으로 나무가 내게 한 조언이었다

　사이에 서서 사이를 띄우고
나무에 물오르는 소리에 귀를 댄다
생살이 찢긴 이후 나는 누구도 미워하지 않기로 했다
내 몸을 팽개친 후에야 속도의 매듭을 풀 수 있었다
　　　　　　　　―「세 박자 쉬고 울고 세 박자 쉬고 귀 열고」 전문

'미움'의 원인을 "누구"로 특정할 필요는 없다. 온몸을 빽빽하게 채운 갈등이 "토막 난 슬픔을 내미는 당신"(「고등어의 무늬」)이라고 말할 필요도 없다. 어쩌면 미움의 대상이었던 "누구"란 "내가 신기엔 너무 큰 내일처럼"(「맨드라미」) 맞지 않는 미래였을지도 모른다. 하지만 "누구"라고 말하지 않더라도 육체의 병은 분명 여름의 감정들로 파생된 결과임은 부정할 수 없다.

위(胃)에 효능이 있다는 "예덕나무"와 "번행초"는 갈등을 도려낸 몸을 어루만진다. "간벌"로 비유된 "도려냄"은 소멸이 아니라 생성이다. "칼이 지나간 사이"에서는 "미안한 사람 미안하지 않은 사람"(「리스본의 산책자」)을 군이 구분할 필요가 없다. 다만 자연인으로서의 박병란이 시인으로서의 박병란으로 자리를 옮겨갈 때, "사이"를 이제껏 머물렀던 통증을 이쪽과 저쪽으로 나누는 기준으로 삼아도 좋을 것이다. 이제 "스스로 터를 옮기지 못하는 나무에 대해 생각"하는 일은 새로운 시 세계로 향하려는 출발점으로 보자. "검은등뻐꾸기가/세 박자 쉬고 울고 세 박자 쉬고" 울 때마다 "나도 세 박자 쉬고 귀 열고 세 박자 쉬고 귀"를 여는 몸짓은 이전에 머물렀던 '여름'과는 다른 리듬임이 분명하다.

　　겨울이면 시금치 엮는 손끝이 저글링보다 빨라요. 손끝마다 잇몸을 드러내고 웃는 시금치, 차례를 알아 제 처지를 알아 순서대로 눕네요. 시름시름한 시금치는 그날그날 저녁 국이 되었지요. 시금치는 모래에서 잘 자랐습니다. 바닷바람 맞으며 시금치가 자라는 곳은 소풍날 놀던 솔밭이었어요. 봄가을 우리가 뛰어놀던 모래 솔밭은 겨울이면 황금꽃을 피웠지요. 나는 소풍을 가고 엄마는 일터에 갑니다. 시금치 팔아 시금치 넣은 김밥을 싸주었지요. 시금치는 달콤한 겨울이었습니다. 엄마는 시금치를 엮어요, 저글링보다 더 빨라요. 시금치는 식탁을 차려요, 삼 남매의 고등어가 되어요. 젓가락 끝에 고등어 살 발라질 때 그제야 엄마 손끝에서 모래가 빠져나갑니다. 그 많은 시금치는 누가 다 먹는지 다음 날이면 다시 솔밭으로 갑니다. 시금치는 우리 삼 남매의 가장이었어요, 윤기 나는 우리의 호구였어요. 뿌리에선 철보다 진한 냄새가 났으니 포항초라는 고유명사를 얻었지요. 금모래 아래 잠든 엄마의 입김으로 겨울이 데워져요 밑동이 붉은 나도 어딜 가나 포항 사람이듯이 따뜻해질래요

— 「포항초」 전문

박병란 시인은 이후로도 온통 몸으로 시를 쓸 것이다. "어디선가는/발견되지 않은 모서리도 있을 것"(「내가 아는 숲은 다 졌어요」)라는 말이 '여름'을 벗어나 다른 계절로 건널 수 있다는 기대라고 본다면 "간벌"을 거친 몸에서 녹여낸 언어는 틀림없이 여름의 감정과는 다른 지점에 놓일 것이다. 「포항초」는 그런 기대를 미리 엿볼 수 있는 작품이다.

포항에서 재배되는 재래종 시금치인 "포항초"는 겨울 전후가 제철이다. 가을에서 봄까지 가족의 생계를 책임지는 "시금치"는 통증이 아니라 따뜻함이다. 시금치가 있는 "식탁"은 비어 있지 않고 "삼 남매"로 북적인다. "시금치"는 "잇몸을 드러내

고 옷"기도 하고, "달콤한 겨울"이 되기도 하고, "삼 남매의 가장"이 되기도 한다. 이처럼 박병란 시인은 불안에서 통증을 찾아내는 일부터 소소함에서 온기를 찾아내는 일까지 삶의 전반을 폭넓게 아우른다. 이제 몸에 가라앉은 다양한 경험 중에서 무엇을 꺼낼 것인지는 시인이 선택할 영역이다.

이제껏 지독할 만큼 '여름'을 헤집고 다녔으니 이제는 "도착하지 않은 것들투성이"(『해를 만나는 방식』)의 세상에서 "신이 지루할까 봐 꽃을 피우는 겨울"(『서쪽의 말들』)을 맘껏 상상해보거나, 겨울 지나 봄이 오기 전에 "설익은 겨울과/제철을 비껴가는 소란에게/언제 한번 딸기처럼 붉어지자"(『겨울 산과 딸기와 소란들에게』)고 큰 소리로 말해보는 건 어떨까. "폭설에 발 묶인 여름"(『여름에는 여름의 항구를 가지자』)은 그만 흘려보내고 "끝내지 못한 말들은 잠시 우리에게 남겨놓고"(『나의 전부를 알았더라면』)서 말이다.

崔恩默 | 시인